岡清秀

僕である

［俳句とエッセー］

創風社出版

俳句とエッセー　僕である

目　次

春のぼく

ジュラ紀の匂い

立春の三毛猫の道僕の道

おんな来て雪解水おとこ来て雪解川

切り札を決めかねている二月かな

春の雪駱駝のまつげは着地点

三頭の麒麟のみこむ春の雪

幕切れは三人倒れ春の雪

旧姓の母の名のあり内裏雛

春はあけぼの体温計をくわえる

春の風恋をしているマンホール

春の風ピーターパンの抜けた穴

親父似の足のうらあり春の風

春の雨ジュラ紀の匂い生れでる

啓蟄や母の手首の輪ゴム痕

初蝶やカンブリア紀の谷の風

お醤油の話ばっかり山笑う

春の闇ゴジラ三頭捨てられて

三月のドーナツの穴森の中

右折するバス左折する春愁

お子様はおいくつですか雲雀鳴く

青空に大穴ぽかーんと揚雲雀

揚雲雀大和のへそがここですか

うら山はうずうずとして夕雲雀

立飲みの靴それぞれに春の泥

旧姓の名前呼び合い桜草

黒板に彫刻の傷啄木忌

三人は欠席します桜餅

掘りおこす卑弥呼の鏡桜散る

おぼろ月電子レンジがチンと鳴る

朧月ジャングルジムの錆匂う

月おぼろ獣道なら我は這う

月おぼろ明石原人棲むあたり

みどりの日座席が空いたから座る

春一番（はるいちばん）

春一番が吹き荒れた翌日、早起きをしてスキー場に行く。小学生の頃の話。兵庫県北部の山間にある実家は、近くにスキー場があり、三分も歩けば着く。春一番の翌日は、一気に雪が減る。早起きをして長靴を履き、誰もいないスキー場に向かう。目指すは、リフト券売り場。その付近の雪面の所々に穴が開いている。その穴の中には、百円、十円などの硬貨がある。リフト券を買うときに雪の中に落としたもの。雪が一気に解ける時に、穴となって現れる。次の行先は、屋外の飲料用自動販売機。同じように穴ができている。これらの拾得物はもちろん届ける必要がある。ただ、残念ながら田舎には交番がない。

雪解（ゆきどけ）

小学生の頃、母は、冬山や山スキーを楽しむ客を中心に細々と民宿を営んでいた。シーズンも終わりに近づくと、宿泊のお礼と来シーズンの再来を願ってお客さんに手紙をだす。その日、まだ一m近くの雪が残っていた。母から頼まれ、二キロ離れた山麓の小学校からの帰り道、学校の近くの特定郵便局のおばさんから五十枚の切手を預かった。帰宅した私は、炬燵で眠っていた。夕食前、母から起こされハッとした。ズボンが冷たい、寝小便。切手は、ズボンのポケットの中でその被害にあっていた。夕食を終えて、手紙の準備。切手貼りは私一人に任された。翌日、五十通の手紙を郵便局のおばさんに手渡した。暖かい雪解けの日が続いていた。

春愁（しゅんしゅう）

彼女はなぜ居残ったのだろう。

私の実家は、兵庫県北部の鉢伏高原の麓で民宿をしている。大学四年の時、卒業研究も終わり、ゼミの先生と仲間が最後の旅行をかねて私の実家にスキーに来た。私たちのゼミは女性が一人だった。それで、別のゼミではあったが、その女性の友人の彼女が参加した。春一番が吹き、スキーシーズンが終わる頃であったが、二泊三日のスキーを楽しんだ。みんなが帰るとき、彼女は独り居残ると言う。私はゼミ仲間と一緒に行動し、下宿に帰った。スキー客のいない実家で、彼女は特にスキーをすることもなく、ときどき家事を手伝いながら客室の一室を自室とした。出稼ぎ先から休暇で帰った父の酒の相手もしたらしい。約一ヶ月が経ち、雪は解け、私が下宿を引き払い実家に帰ると彼女は居なかった。

彼女はなぜ居残っていたのだろう。

下萌え（したもえ）

この日の朝、子どもたちは、それぞれの手に「おいそ（荷物を背負う紐）」を持って、小学校へ登校した。小学校は、二㎞の山道を下った山の麓にある。私が小学生の時の話。私の村は、兵庫県の北西部、標高六五〇ｍに位置する。当時、冬には二ｍを超える雪が降る豪雪地帯であり、男たちは京都の造り酒屋などに出稼ぎに行く。

今日は、約五ヶ月間の出稼ぎを終えて、男たちが帰ってくる日。私たちは、授業を終えると母たちと合流し、父たちの乗ったバスを待つ。バスが到着して、荷物が下ろされ、父たちが降りてくる。久しぶりに見る父たちの顔は、少し都会的になった気がする。「どの荷物にお土産が入っているのだろう……」などと思いながら、母たちと荷物を分け合い、おいそで背負う。父たちは長靴に履き替える。雪解け水の流れる細い山道を一列になって村に向かう。子どもたちは、冬にあった出来事などをそれぞれに父親に話しながら進む。途中、見晴らしの良い場所で休憩をとる。向いには、雪の残る棚田が広がる。日当り良い畦道は、すでに雪が解け草の芽が出始めている。父たちは、この様子なら、農作業はいつからできるとか、村の会合をいつにするのが良いとか、話をしている。子どもたちは、お土産のことなどを小声で話す。休憩を終えて、また歩き始める。村に近づくにつれ、残雪が多く歩き難くい。疲れも出てくるが、子どもたちは、少しでも成長した姿を見せ褒められたく、また、お土産を楽しみにして、弱音は吐かない。

村に着くと、それぞれ各自の家へと帰るが、暫くして氏神様に参る。鎮守の森を歩く父たちの顔は、すっかり村の男に戻っている。

（『季語きらり１００』船団の会編　人文書院　２０１２年５月発行）

風船（ふうせん）

野山の雪がすっかり消えたころ、薬売りのおじさんがやって来る。置き薬を交換するためだ。小学生の頃の話。

置き薬は、縦横二十㎝、高さ三十㎝ほどで二段の引出しの薬箱に入っていた。おじさんに薬箱を渡すと、使った薬は補充し、いくつかは新しい薬と取り替えた。母のそばで見ていると、いつも最後に風船をくれる。最初は紙風船だったが、そのうちにゴム風船になった。幼い私には膨らますのは難しく、母に膨らませてもらった。膨らんだ風船には、薬の名が書かれていた。おじさんは薬を入れ替えると、薬が詰められた三段重ねの柳行李を大きな風呂敷で包み、器用に背負って隣の家に向かった。二㎞の山道を登り、五十戸の家を回るのは大変なことだ。そんな量が、あの箱に入るのだろうか…。ある日、不思議なことがおきた。腹痛で薬を飲もうと新しい袋を開けると、中には薬と同じ重さほどの紙屑が入っていた。

その紙屑は、以前に村で配布されたものの破片。薬袋の底はきれいに切られ、再び貼られていた。謎は解けた。ただ、全ての家や薬売りがそうではない。

入学（にゅうがく）

先日、机を整理していると高校入学時の生徒手帳が見つかった。一四三・一㎝、三二・八㎏。これが、私が高校に入学したときの身長と体重。小さくて小学五、六年生のような体型だ。そう言えば「前にならえ」の号令で腕を前にだしたことはない。いつも手を腰に当て横との間隔を測っていた。入学すると赴任二年目のF先生が担任となった。寄宿舎に入った私は、独身で教員住宅に住むF先生とよく遊んだ。三年間F先生が担任。先生の影響は大きかった。先生の出身大学に進み、社会人になってからもよく飲んだ。最近は飲み屋でどちらが恩師で教え子か判らないと言われる。先生と知り合ってから三十六年。先生はH県校長会長を務めN高校の校長を最後に今年（二〇〇七年）三月三十一日に退職された。今年入学する子達にはどんな人生が待っているのだろう。

春の風（はるのかぜ）

今年（二〇一一年）になって職場の句会「八一九（はいく）の会」を再開した。約二十年前に発足した会であるが、昨年の二月から休会していた。発足時の約束事には、「俳句を身近なものにするため、互いの対話から知的レベルの向上と遊び心の涵養をはかり、八月十九日を俳句の日とすることを目的とする。」と記している。この職場の前理事長の座右の銘は『以春風接人（春風を以て人と接す）』

そう言えば、昨年のベストセラーに「もし高校野球の女子マネージャーがドラッカーの『マネジメント』を読んだら」の長い題の本があった。この経営思想家のドラッカーの名言の一つに「表の風に吹かれろ！」がある。さあ、句会に行こう。

山葵（わさび）

出稼ぎから帰ってきた父と石を拾いに行った。小学六年生の頃である。拳が二つほどの大きさの石を集め木箱に入れた。長野県の出稼ぎ仲間に山葵の苗を貰った父が、山葵田を作るという。場所は冷水が湧き出る我が家の水田の近く。水の湧き口の辺りを三畳ほどに広げ、水がゆっくりと適度に万遍無く流れるよう、拾った石を敷き詰めた。一年目はあまり育たなかったが、二年目からはサイズも見た目もバラバラの山葵を父は出稼ぎ仲間に送った。

長い年月が経ち、主のいない山葵田を気にもしていなかったが、先日、「荒れた山葵田に久しぶりに行きました」と、故郷の姉から山葵漬が届いた。

竹の秋（たけのあき）

子供の時、父が遠くの山を指して、「この時期に、あの黄葉しているところは竹林。親竹が筍に養分を与え筍が育っている証拠。黄葉が濃いほど筍がよく育っている。」と教えてくれた。

ボーイスカウトのリーダーをしていた時、筍のこの季節に近くの竹林で親子キャンプを開催した。夜になり、キャンプファイアの終わりに、消えてゆく炎を前に私は話をはじめた。「俳句の季語に『竹の秋』と言うのがあります。この季節、この竹林のように、竹の子を育てるために親竹は一生懸命に…（云々）…。私たちの人生においても、親は子を育てるために…（云々）…」ふと見ると、お母さんたちが目を潤ませている。子どもたちは…と見渡すと、消えていく炎が気になり、小枝で炎をつついている。

夏のBOKU

銀河の出口

五月ですマンホールのうた歌いましょう

窓ぎわの空き缶と行く五月旅

大股の氏子代表夏きざす

ぞうさんの鼻にはじまる薄暑かな

葉桜に寄り添っている赤信号

葉桜や老人の足長きこと

風薫るクロネコヤマトの宅急便

父の背を越えて嫁ぐ娘柿若葉

新緑や宇宙兵器を修理する

母の日の愛犬ソラはよく吠える

草笛を吹く少年の帽子M

裏山は銀河の出口蜘蛛の糸

梅雨に入るカンブリア紀は明日である

菜種梅雨神父の開く蛇の目傘

梅雨晴間喪主と呼ばれる男かな

紅をさす一人芝居や梅雨晴間

昔むかしあるところに梅雨晴間

梅雨晴間ナウマン像の骨洗う

付きだしの三百円あり男梅雨

足跡は母の足跡植田澄む

桑の実に通り雨ゆく母が逝く

妹も南瓜の花も人見知り

コアララッパパンダ夏帽子ふたつ

鬼蜘蛛を妖怪と決め酒を飲む

月光を吸い込んでいる蟻地獄

大まかに機関車止まる夏木立

木下闇一升瓶は寝ころんで
向日葵や海女さん大きくあくびして
半夏生たっぷりキューピーマヨネーズ

山頂はいつもの夕日落し文

夕焼や双子の猿人漕ぎだして

ビール飲む銀河鉄道自由席

新樹（しんじゅ）

欅並木が緑のトンネルとなる。勤務先の女子大学の欅並木。私が就職をした昭和五十三年、開学十五周年を記念して、正門の移設と同時に植樹された。「一本の大木は、三人の教員にまさる感動を学生に与える」が、当時の理事長の言葉。この並木道は『けやきアベニュー』と名付けられ、地域にも開放されて、隣接する公園からは近所の人たちが自由に行き来している。以前、この大学はブロック塀で囲われており、その塀の外はペンキでよく落書きがされていた。この塀も取り除かれ、植樹がされた。けやきアベニューには裸婦像の彫塑も設置されたが、いたずら書きなどは一切ない。欅並木は、四季折々にその姿を変え、自然への感動を与えてくれる。当時の理事長の句碑「恋色の若芽もえ立つけやき道　竹波」もある。平成二十五年に、開学五十周年を迎えた。翌年の五月三十一日、このトンネルを通って私はこの職場を退いた。

クールビズ（くーるびず）

二〇一四年の五月三十一日、三十六年間務めた職場を退職し、六月一日から新たに就職をした。新たな勤務先は、正門から校舎まで約二五〇mの急な坂道を上る。かなりの坂である。

五十八歳で新たに就職した私を、高校時代に三年間担任だった恩師が祝ってくれた。二人だけの祝い会。会の席上、祝いの品としてベルトを贈ってくれた。ネクタイをと思ったがクールビズの季節であり着用しないだろう、とのことで、新たな職場で〝褌を締めてかかる〟ようにと、ベルトにしたとのこと。この季節に坂道を上り、慣れない職場での緊張感。否が応でも汗ばんでくる。さあ、襟を開き、ベルトを締めてかかろう。

キランソウ（金瘡小草・きらんそう）

船団67号（２００５年12月発行）の特集「道端の草を訪う」で私に与えられた草は『キランソウ』。故郷の幼なじみに、この草を知っているかをメールで尋ねた。彼女とは数年前からメールで近況などを連絡しあっていた。特に故郷の四季折々の様子を届けてくれた。「近くのあぜ道に咲いていたよ。」と、彼女はキランソウの写真をメールで送ってくれた。その後、彼女は体調を崩して入退院を繰り返し、病院での生活が暇だとのメールが届いた。私は俳句を作ってみることを勧め、彼女も興味を示した。作った俳句を話題にしてメールを交換した。時々、体が痩せて小学生時代の体重になったこと、日ごろ着られなかった服が着れたこと、ウイッグを着けたこと、変わった髪型に挑戦できたことなどの話題を明るく伝えてきた。しかし、ある日、「頭の中が真っ白で、八方塞がりに追い込まれそう…」と、珍しく弱気のメールが届いた。「今日も出勤途中ですか？」と、私を気遣った一文を最後にメールが途絶えた。それから二ヵ月後の二月、五十歳の若さで彼女はこの世を去った。キランソウが咲く季節。今、彼女はどんな俳句を作っているだろう…。

田植（たうえ）

故郷に「手間換え」と言う制度があった。村の人が農作業などでお互いに労力を交換する相互扶助の制度である。この手間換えで村の人が最も多く集まるのが、『大町田《おおまちだ》』と呼ばれる田の田植え。田は村で一番広く、初めて海を見た村の子に、「海は広かったか？」と尋ねると、「うん、大町田より広かった！」と答えたと言う。

この大町田の田植えは、「嫁殺し」と呼ばれていた。田に一本の綱を張り、それに沿って一列に並んで田植えをするが、あるとき新嫁が参加した。嫁は、植えた部分は頭を上げれば分かるが、残りが分からない。村人の手前、腰を伸ばして後ろを振り向くこともできない。そこで、植えている最中に、そっと股のぞきで後ろを見たのだが、残りのあまりの広さに卒倒してしまったとのこと。

過疎化した今、老人が一人、機械を使って大町田を植えている。

苺（いちご）

新型インフルエンザが流行っている。経験したことのない病の流行りは、不安と共に幾分かの気持ちの高ぶりをもたらす。

小学三年生のとき麻疹にかかった。二日ほどはおとなしく寝ていたが、やがて時間を持て余し、押入に基地を作った。段ボール箱を持ち込み、懐中電灯も着けた。漫画を読んだり、宿題をしたり。食事も基地で食べた。麻疹が治り、翌日から学校に行く予定にしていた日、近くの村に住む叔母が苺を持って見舞いに来てくれた。苺は珍しく、病み上がりの僕は一人で殆どを一気に食べた。翌日、腹痛で学校を休み、一日を基地で過ごした。

時の日（ときのひ）

ある日、七十歳くらいの男とバスを待っていた。男は三分ほど遅れてきたバスに苛立ち、バスが出発しても運転手の横に立ち執拗にバスの遅れを責めたてた。あまりのしつこさに私は男に言った。「あなたは今までかなりの時間を過して来られているると思うが、この三分はそんなに取返しのつかない時間ですか。」男が七十歳だとすると三六七九万二千分間を生きて来たうちの三分間である。男は少しむっとしたようだったが、だまって椅子に座った。確かに時間はどんな時間も取返しはつかない。

私は、子どもの頃から宿題などは間際にならないと行動が起こせなかった。母は時間を無駄に使い計画性のない私をよく叱っていた。そんな母も平成八年の六月十日「時の日」にこの世を去った。私の時間の計画性の無さはいまだに治っていない。

鴉の子（からすのこ）

故郷で法事があり、親族二十人ほどが集まった。住職が所用のため、都会で暮らす若い副住職がやってきた。仏壇の前での読経が済み、その後、小道を十五分ほど歩き、お墓へと参った。読経の流れる中、それぞれにお線香やお花を供えた。読経も終わりお墓を後にしかけた時、二羽の鴉が飛んで来て墓石の上に止まった。二羽の鴉はキョロキョロとしている。向かいの山からは、カアーカアーと子鴉のかん高い鳴き声が聞こえる。その時、義姉が気付いた。お供え用の団子とお菓子を家に忘れてきたのだ。鴉が来るまで、誰も団子やお菓子を供えていない事に気付かなかった。お墓参りが終わると餌にありつけると思い、向かいの山から飛んで来た鴉には、とんだ誤算だ。「鴉ってすごいなー」、「きっとお団子などをお供えしない宗派と思っているよ」などと勝手なことを言いながら家に向かった。二羽の鴉は、私たちの頭の上を鳴きながら山に帰って行った。アホーアホー。

ジューン・ブライド（六月の花嫁）

六月に結婚した花嫁は一生幸せになるという。日本のホテルは、このヨーロッパの伝説を梅雨の時期の挙式を増やす策として取り入れたらしい。

私の妻は六月に結婚した。私も。新婚旅行は格安ツアーでカナダへ。バンフに到着した夕方、街からバスに乗りカスケード・ロック・ガーデンを訪れた。公園を散策してバス停に戻ると既にバスは終わり、公園事務所は閉まり、周りに人影はない。

途方にくれていたとき、若いアベックの乗った車が通りかかり止まってくれた。身振り手振りで何とかホテルまで乗せてもらった。お礼に日本の硬貨、五百円から一円までの全ての種類をあげた。五十円玉と五円玉は穴が開いており珍しいと喜んでくれた。穴があったら入りたい三十数年前の六月の失敗談。

青梅（あおうめ）

田舎の我が家の山に梅の木があり、子どもの頃、梅の収穫を手伝った。父は青梅で梅酒を作った。夏の暑い日、母は梅酒を水で薄め、砂糖を少し入れてジュース替わりに飲ませてくれた。

高校三年生の時、友達数人が遊びに来て客間に通した。客間の棚にはウイスキーの瓶がずらっと並んでいた。興味を持った友人が真ん中辺りの瓶を開けると、中は梅酒だった。氷で割ってみんなで飲んだ。結局、一本の瓶が空になり、そのまま棚に戻しておいた。

大学生になり、青梅の季節に父から手紙が届いた。前半は下宿生活の様子を伺う内容だったが、後半は怒りだった。父は、年ごとに作った梅酒をウイスキーの瓶に入れ、毎年その味を飲み比べていたらしいが、途中の一年分が全く空とのこと。この季節、ロックで梅酒を飲みたくなる。

蠅取りリボン（はえとりりぼん）

懐かしい蠅取りリボンを見つけた。仕事帰りに寄った阪急塚口駅北側のたこ焼き屋。路地に面し、持帰り用に焼いているが、店内にも五人が食べる程度のカウンターがある。その奥に、雑多に積まれた箱と食器棚があり、その上にはキューピーと七福神の人形が置かれている。その手前に蠅取りリボンが天井から下がっていた。決して蠅が飛び交っている訳ではない。「客を捕まえて、逃がさない」らしい。たこ焼きは五個百円。親子に見間違う夫婦が焼いている。演劇を職とするアベックと隣席になり、互いにビールを飲んで会話が弾みだしたとき、店主が外のお客に言った。

「おばあちゃん、もう今日は売らないよ！」

聞くと、今日だけで八回目。買ったことを忘れて、毎日、何度も来るらしい。私も蠅取りリボンに見放される日が来るのだろうか。

蜚蠊（ごきぶり）

初老の教授が、突然にスリッパを脱ぎ、二度、三度と床を叩いた。

当時、学生だった私は、入部した考古学部の顧問で、「兵庫県史（縄文・弥生時代）」を執筆したこの教授の自宅の離れに下宿していた。この日は教授の自宅を友人と一緒に訪ね、山積みされた教授への献本の目録作りと書庫の整理を手伝っていた。昼となり、奥さんの手作りカレーが書斎に運ばれ、三人でいざ食べようとしたとき、このことが起きた。叩き終えたスリッパの下を見て、ビックリ。「コオロギが潰れている！　かわいそうなことを…」と私は思った。午後の作業中、友人にそっと話すと、潰されたのはコオロギではなくゴキブリ。スリッパなどで叩くことはよくあると言う。私の故郷は標高が高く涼しかったため、ゴキブリはいなかった。本物を見たのは、その時が初めて。もちろん、平面化したゴキブリだった。

冷素麺（ひやそうめん）

故郷の新聞に若い女性からの投稿が載せられた。

「都会の生活に疲れて故郷に帰ってきた。帰るバスから見る山も川も出て行った頃と変わらない姿で私を迎えてくれた。いつも走っているおじさんも、いつものように走っていた」

景色と同じに扱われたこのおじさん、私の高校時代の友人である。彼の提案で「みかた惨酷マラソン全国大会」（兵庫県美方郡香美町）が開催され、その第十二回大会（２００４年）の応援に行った。二十四㎞の距離で高低差四〇〇ｍの山岳コースを走る。まさに「残酷」であるが、人口二六〇〇人の町へ全国からランナーとその応援者約二〇〇〇人が訪れる。町を挙げてのこの大会、幼稚園児から老人まで、みんながそれぞれの役割でこの大会に係わっている。

ゴールでは、婦人会がランナーと応援者に冷素麺を振舞う。食べやすい冷素麺は、マラソン大会のゴールでの冷素麺は、走り疲れたランナーに大好評。この大会から他の大会へも広められたそうだ。小さな町へ多くのランナーが訪れるのは、こんな心遣いのアイデアと町を挙げての手作りの応援。台風一過の一日を心地よく過ごした。

ラベンダー

ラベンダーの花ことばは、「期待」、「あなたを待っています」などがある。

私の田舎の催しで、『東鉢伏高原ラベンダーフェスティバル』というものがあった。兵庫県の最高峰「氷ノ山」を望む高原の一面をラベンダーガーデンにし、村おこしを試みたものだ。十数年前に北海道に旅行した村の人が、富良野のラベンダー畑を見て、田舎のスキー場のシーズンオフに活用しようと考え、苗を持ち帰り始めたらしい。苗植えや草取り、フェスティバルの準備など、村の人は総出で行った。見事に、ラベンダーはスキー場一面を紫色に染めた。フェスティバルは十年続いたが、二〇一一年に取り止められた。村は高齢化が進み独居老人が増えたためだ。残念ながら、高齢化する村は、ラベンダーの「期待」に応えることは出来なかった。

握り寿司（にぎりずし）

大学生になって初めて握り寿司を食べた。私の育った山間部に寿司屋はなく、「すし」は『ちらし』か『いなり』。友人に連れられて店に入った。「へい、いらっしゃい」の威勢よい声に緊張しながらカウンターに座った。注文したのは握り寿司の並。「はいよ～」の声とともに、最初のネタがバランにのせられた。口に入れ、ちょうど食べ終えた頃に次のネタがのせられた。私は、のせられたらすぐに食べるのが寿司のマナーだと思い込んでしまった。三品目がのせられ食べ終わるころに四品目がのせられた。鮨を食べるのは忙しいことだと思いながら食べ続け、最後のネタがのせられたとき、「兄ちゃん、食べるのが早いね」と板前さんのひと言。隣を見るとバランの上には鮨がゆったりと並び、友人はのんびり食べていた。私の思い込みのマナーと鮨がでるタイミングがあまりにも合っていたらしい。最近の回転寿司屋だと私は目を回していたかも知れない。

蝙蝠（こうもり）

Yさんと私は細長い竹竿を持って夕暮れの広場に立っていた。Yさんの提案で蝙蝠を捕まえてみることになった。間もなく空を蝙蝠が飛びだした。Yさんの案はこうだ。「蝙蝠は超音波を出し、その反響を耳でとらえ、位置や距離を認識する。だから、暗闇の中でも迷わずに飛ぶことができる。竹竿を振ってこの超音波を遮れば蝙蝠は飛べなくなり落ちてくる」。

Yさんと私は空に向かって竹竿を振りながら、広場を走り回った。行き交う人たちは異様な目で見ていた。Yさん二十六歳、私二十三歳の時である。蝙蝠は飛び続け、落ちてくる蝙蝠はいなかった。先日、職場で懐かしくYさんとその話をした。Yさんは、私達の竹竿の振り方が未熟だったからと言うのだが。

泳ぎ（およぎ）

高校時代の話。授業で水泳があった。プールは男子と女子のコースにロープで分けられていた。私の通った小学校、中学校にプールはなく、近くに泳げる川もなかったので初めての水泳。私はビート板を与えられ、男一人、女子コースで女子と一緒にビート板を持ってバタ足から練習をした。

最後の水泳の授業は、男子コースに戻りクロールと平泳ぎのテスト。まず、クロール。勢いよく飛び込み、腕を回し足をバタつかせ、二十五ｍのゴールを目指した。お、手が壁に着いた！　顔を上げると大歓声……。飛び込んで三ｍ程で横に曲がり、横壁に着いていた。次は、平泳ぎ。手で水をかき足で水を蹴り、必死に泳いだ。プールの底に腹が付いたが、それでも息の続く限り何とか前に進もうとした。とうとう息が続かず諦めて顔を上げた。みんな静か。先生の顔は青かった。私が溺れ、底に沈んだと思ったらしい。今、まだ泳げない。

夏休み（なつやすみ）

まもなく夏休みが終わる。夏休みの宿題に「どくだみ採り」があった。全校児童六十人程の小学生時代の話。夏休み中にどくだみを採り、これを学校でまとめて薬屋に売り、学校の備品を買うのである。年齢によって採る量が決められており、それ以上を採った子には、相応のお金が貰える。友達と待ち合わせて山に行き、採ったどくだみは軒下に吊して乾燥をする。こんな日々を繰り返す。

夏休みが終わると、数日に分けて背負って登校し、講堂に書かれた自分の名前の場所に積上げる。薬屋が買いに来る日の早朝、私達は講堂に水を運び、乾燥させた自分のどくだみに、ばれない程度に水を掛ける。少しは重くなるはず。いよいよ薬屋がやって来て、量った重さを各自の札に書いて行く。私達は、まるで競り市のように見守る。秋の運動会、鼓笛隊の太鼓が新しくなった。

秋のボク

あみだくじ

八月の黒板にある面接日

ぱかぱかとコインロッカー残暑です

盲腸の傷跡かゆく鳳仙花
台風の目の下にあるパンの耳
またここに咲きにきたのか曼珠沙華

萩の風化粧落としたちんどん屋

名月になりたいと言うマンホール

にぎりめし焼く男あり秋彼岸

コスモスの天まで届く膝枕

役者みな故郷なまり藤袴

渓谷の秋の風来るオムライス

秋の雲小言は三つまでにして

あくびから始まる会話秋日和

笛の音は秋の飛鳥の雲となる

爽籟や生命線は二又に

あみだくじ右に曲がれば青蜜柑

地球儀の国名古し青蜜柑

どんぐりの落ちて乱れる鼓笛隊

椎の実やポッツンポッツンとでる話

悪役も脇役も来る紅葉狩

乗り換えて方言を聞く文化の日

啄木鳥や網に掛かった三輪車

百舌鳥高音右に回れば古本屋

曲芸の象の鼻先雁渡る

秋雨や赤いルージュの占い師

「空《そら》」という仔犬を買って秋の暮

テレビには兵士のすがた林檎むく

約束を破る決心檸檬切る

レモン三つ別れ話を聞いている

秋の夜三つ並んだ生玉子

秋深し伝言板に穴がある

秋の暮回り始めたフラフープ

俳句の日（はいくのひ）

八月十九日は、俳句の日。

一九九〇年の六月。当時勤務していた園田学園女子大学に、職場句会『八一九の会』が発足した。その会の約束事に次のように記されている。「目的・俳句を身近なものにするため、師範坪内稔典との対話から、知的レベルの向上と遊び心の涵養をはかり、八月十九日を俳句の日とすることを目的とする」

そして、坪内稔典さんの提唱により一九九二年に記念日として登録された。

この『八一九の会』を中心に、一般の人も巻き込んで様々なイベントを行った。ハイキングを楽しみながら俳句を作る〝俳句ラリー〟。ＪＲの電車を貸し切っての〝俳句列車〟。ラジオの生放送番組とのジョイントのイベントなどなど。イベントは少なくなったが、『八一九の会』は、今も続いている。

八月十九日はバイクの日。さあ、俳句をぶっ飛ばそう。

休暇明（きゅうかあけ）

小学生のとき、隣の村にある小学校まで、約二キロの山道を通っていた。山道は車も通れず、村人以外に利用する者は少なかった。その道のほぼ中間に、みんなが『休み石』と呼ぶ大きな岩があった。仏の座のような形をし、木陰ともなっていたので、道を通る人はそこでよく休憩をした。一年生の二学期が始まって間もない日、一人で帰っていた。『休み石』で休憩をとると、石のひんやりとした心地良さに、いつの間にか眠ってしまった。夏休み明けでリズムが抜けず、まだ残る暑さに疲れていたのだろう。目が覚めると小学校の校務員さんの部屋だった。町から来た通りがかりの人が、子どもが寝ていたのでと小学校まで背負って運んでくれとのこと。もう眠らないようにと、六年生の授業が終るのを待って一緒に帰った。私は、結局、半分多くの道のりを歩いた。もし村の人に背負われていたなら、そのままでかなり楽に帰れたのに……と少し悔やんだ。

秋の昼（あきのひる）

近所の商店街を歩いていると、外国人の青年が私を追い越して行った。彼は駄菓子屋の前で立ち止ると、水を張ったボックスで売られている缶コーヒーを手にし、リュックから本を取り出して、「コレサムイ」と店のおばさんに話し掛けた。おばさんは、「私、英語分からない」と首を横に振る。彼は再び本を目にして、「コレサムイ」と繰り返す。おばさんは、「私、英語分からない」と身振りを益々大きくして応える。彼は怪訝な顔をしながら、缶コーヒーを買い去って行った。彼は、本の「ｃｏｌｄ」から「寒い」の単語を見つけ、本来なら「これ、冷えている？」と言うところを、「これ、寒い？」と言ったのだろう。おばさんも、彼の言葉を英語と思いこんでいたのだろう。爽やかな秋の昼の出来事。

あきこ

　私が幼少の頃、「あきこ」は二階で育てられていた。私が小学生になる頃には、二階の改築にともない離れが建てられ、「あきこ」はそこで育てられるようになった。毎年九月の下旬になると、絹のように白く丸くなった「あきこ」は、知らないおじさんのもとに売られていった……あきこ〜。そう、「秋蚕」。秋に飼う蚕、「あきご」とも。

　夕暮れ時に離れに行くと、静かな中に、蚕が桑をたべる音と、暖をとるために設けられた炉に寄ってくる蟋蟀の鳴き声だけがしていた。そしてやがて桑をたべる音がしなくなる。と、父と母は蚕を載せている一m四方の竹網をガタガタと揺さぶっていく。満腹になりかけた蚕がドキッとしてまた桑をたべ始めるらしい。マンネリ化をしそうなときに適度に場を揺さぶる、私たちにもありそうだ。

新米（しんまい）

「姫路までください。」「君、一人？　偉いね。」

そう言うと駅員は小人用の切符を手渡してくれた。実家で穫れた新米を背負い、姉の嫁ぎ先に向かう山陰線の八鹿駅。ここまで二㎞の山道を下り、四十分間をバスに乗った。バスの車掌も小人用の切符を手渡してくれた。これが中学生の三年間続いた。中学生だった私は、ただただ渡される小人用の切符に従い運賃を払った。

「姫路までください。」「君は、小学生？　中学生？」「僕、高校生です！」

気まずい雰囲気……。高校入学時、私は身長一四一・八㎝、体重三一・八㎏だった。

村祭（むらまつり）

ポーン、ポーン。ポン菓子屋の米を破裂さす音が村中に響く。やがて、笛と太鼓の音が聞こえ、村の人々が集まって来る。裃に陣笠を被った男たちに曳かれた地車（だんじり）の太鼓を二人の青年が敲く。派手な青色の着物を纏い、地面まで届くほどの白くて長い襷と鉢巻をして、大きな身振りと勇ましい掛け声で敲く。手にしている撥は繰り返してきた練習の血で赤く染まっている。地車は鎮守の杜へと向かい、その後ろに村の人が続く。本殿に「ねりこみ」が奉納され、境内では餅まきが始まる。数字の書かれた餅を競って拾い合う。一等は布団。餅まきが終わり、お神酒を口にするとそれぞれが帰っていく。ポン菓子屋も屋台を仕舞う。故郷の村祭は終わった。

秋祭（あきまつり）

「岡くん、後ろの空いている席に移動して」

高校生の時、教室に入って来た担任の先生は、教壇に立つとすぐ、一番前列の教卓前に座っている私にこう言った。私は、席替えの時はいつも率先して最前列の教卓前の席を確保していた。この場所は、もっとも先生と目が合いにくく、一番眠り易く、何かと当てられ難い。

後ろの席に移動し、昨夜は少し飲み過ぎたかなと反省。昨夜は、友達の村の秋祭に招かれご馳走になった。それぞれの村の秋祭の夜は、友達を招待しご馳走を振る舞う。親戚なども集まっているので、その席上、お酒なども勧められる。昨夜の酒が残っていて、先生にその匂いが届いたのだろう。

我が家も、祭りの夜は友達を招き食事を振る舞ったが、いつも父は私の友達に酒を勧めながらこう言った。

「酒は、このようにみんなが集まって飲み、『場』で楽しむもの。タバコは一人で吸い、『個人』が楽しむもの。だから、酒は覚えてもいいが、タバコは覚える必要はない。若い時から楽しい酒を覚えなさい」

しかし、最近は少し違いタバコも一か所に集まって吸っている。時には、ここがコミュニケーションの場ともなっているとか。

授業が終わって先生の真意が分かった。先生も昨夜は同僚の先生の村祭りに招かれ、飲み過ぎて気分が悪く、教卓前の私に悟られたくなかったらしい。

運動会（うんどうかい）

消防団のTさんが右腕を大きく回しながら、裸足で走る。歓声が絶頂をむかえる。小学生の時の話。全校児童数約六十人の山村の小学校だった。運動会の見物席は、前日、村単位にそれぞれの子ども達で準備をする。当日になり、プログラムを進行していると、朝の野良仕事を終えた村の人達が集まって来る。老人は、耕運機の荷台に乗せられて来る。

小学校の運動会は三つの村を挙げての大イベントだ。圧巻は、運動会の最終を飾る村対抗リレー。それぞれの村の各学年代表から、中学生、青年団、婦人会、消防団と、それぞれの代表がリレーする。勝負のポイントは、一周五十mの運動場の狭いコーナーをいかに小回りして早く走るか。アンカーのTさんは、我が村の消防団の最速者。外側になる右腕をぐるぐると回し、狭いコーナーで隣村の消防団の代表をまさに追い抜こうとしている。

渋柿（しぶがき）

渋柿はなぜ渋いのか。

柿は子孫を増やすために鳥や動物にその実を食べてもらい、種をばら撒いてもらうのだが、実の中の種が成長をしないうちに食べられると困るので、種が成熟するまでは実が渋く、種が成熟するとその種から分泌される成分で実が甘くなるとのこと。

近所の子供たちとハイキングに行ったとき。途中に渋柿があったので、子供たちにかじらせた。案の定、「不味い！」と吐き出した。「どんな味？」と問うと、「辛いような…」とか「苦いような…」などなど。「渋い！」との答えは無い。確かに最近では「渋い」を経験することが無いかも。そのうちに「渋い」の味覚の表現は忘れ去られるのだろうか。

紅葉（もみじ）

今年（２０１４年）六月から勤務先を替えた。阪急電車箕面線の終点、箕面駅で下車する。駅の正面の山が紅葉をし始めた。箕面は『もみじの天ぷら』が有名。勤め始めた時、「秋になったら、もみじの天ぷらを食べに行く」と友人から連絡があったが、その季節となった。夕方、行きつけの立飲み屋に行き、女将さんにもみじの天ぷらの美味しい店を尋ねた。向かいのお土産屋だと言う。早速、予約に行った。「金曜日、四人で予約できますか」と尋ねると、ご主人は大笑い。『もみじの天ぷら』は、紅葉の葉を揚げた、かりんとうのようなお菓子。年に数人は勘違いをする人がいるらしい。振り向くと女将さんが笑っていた。

冬支度（ふゆじたく）

「日本熊森協会」という会がある。この会は、一九九二年に兵庫県尼崎市の中学生たちから始まった。当時の新聞で、里に下りた熊が射殺されたがおなかに食べ物がなかったことを知った彼らが、野生動物の保護と自然の森を復元しようとドングリなどの木を山に植える活動を始めたのである。

今年（２００５年）の秋は、熊が人里に姿を現すことが多い。夏の猛暑と台風が多かった関係で冬眠前の熊が十分な餌をとることができないこと、里山が整備されず荒れ放題になり、熊が住む山と人間が住む里との境界が狭くなったことに原因があるらしい。

熊にとって今年の冬支度は命がけである。

冬の僕

キリンの癖

立冬のキリンの癖が増えている

立冬や肩肘を張るマンホール

手品師は妹を消し冬に入る

茶柱のホッとしている神無月

軍艦の街ゆっくりと落葉舞う

鶏小屋の落葉の影はふっくらと

列島のまんまんなかの日向ぼこ

初雪や母の戒名彫られゆく

十二月ことこと煮込んだ蛸いなり

セーターのこの赤会長夫人です

田を捨てた女三人ぼたん鍋

海鼠腸をつつき男の独り言

脇役の台詞を覚え冬の月

夜たき火の輪の中にある鬼ごろし

雪が降る紳士は紳士になってゆく
ぷるんぷるん竹輪の穴にサンタ来る
師走です青い魚は嫌いです

出稼ぎの父の座にあり雑煮箸

一月のポリスマンには髭がある

オリオンの剣とりに行く観覧車

交番の北西にいる鎌鼬

ぽっとでる妻の訛りや雪の朝

先生と同じ黒子の雪だるま

六甲の兵たてなおす冬将軍

寒椿全員無事と置手紙

断水の張り紙のあり福寿草

復興の冬少年の足長く

ホームには訛の三人ぼたん雪

豆を撒く碧眼の背の矢車紋

うっぷんは裏山に捨て春近し
うす口の醤油三滴春隣
春隣お好み焼きが焦げますよ

沢庵漬け（たくあんづけ）

冷たいからっ風が吹き始める頃、母は大根を引き沢庵漬けの準備に入る。寒い中、小川で洗い、軒下で吊るし干す。十分に水気を飛ばし、樽に漬け込む。納屋には漬けられた樽が並ぶ。父は出稼ぎをし、母は近所のおばさんの助けを借りて、民宿タイプのユースホステルを営んでいた。リフトはなく、牛の放牧場に積もった雪の斜面を滑る程度。スキーを担ぎ登った分だけ滑る。それでも山の好きな若者が三十名程の団体で来ることもあった。そんな時、母はインスタントラーメンを仕入れ昼食として出した。インスタントラーメンは、田舎では手に入らず珍しかった。母は、きっと喜ばれるだろうと思ったのだろう。しかし、若者たちは、テーブルに盛っていた沢庵の追加を求め、帰りに譲って欲しいという。母は気前よく譲ってあげていた。都会から来た若者には、インスタントラーメンは珍しくなかった。客が増えると譲ってあげる沢庵は増え、母の準備する樽は増えて行った。

似たような経験をした。仕事でオセアニアのキリバスに行った時、村の有力者の家に招かれた。訪問すると食事はすでに始まっており、タロイモの葉で蒸し焼きされた豚肉や芋などを一緒に食べ、キリバスの料理を味わっていると、主人が、遠くの国から来たので珍しいご馳走を出すと言う。奥さんが持ってきた品を見て驚いた。数種類のインスタントのカップ麺。主人は、これはお湯を注ぐだけで調理ができ、このカップ麺の味は云々、そちらのカップ麺の味は云々とカップ麺の説明が続いた。もちろん私にはキリバスの料理のほうが珍しかったが、折角の行為なので、味噌ラーメンを指さした。お湯が注がれ、ご主人が食べごろだと言った頃は、かなり麺は伸びていたが、お礼を言い珍しそうに食べた。他のカップ麺も食べないかと勧められた。お断りをすると、帰り際にお土産にと一つ手渡された。

虎河豚（とらふぐ）

「季語が動く！」句会の評で時々聞く言葉だ。確かに季語が動いている。仕事の関係で伊勢志摩方面に出かけ、昼食にフグ料理のフルコースがでた。『あのりふぐ』。伊勢湾の安乗沖を中心に、遠州灘から熊野灘にかけて獲られる天然トラフグで、三重ブランドである。美味しい。食後、水槽を眺めていると「海水温の上昇か、最近少し小さくなっているんですよ。」と店員が言う。

そういえば、地球温暖化や海水温上昇が進むと、リンゴは青森より北海道が主な産地となり、フグは下関より銚子あたりが有名になると、何かで読んだことがある。環境の変化に合わせて、果物も魚も移動して行くが、私たちは同じ場所に留まっている。このようにして、詠む季語も、句会後の飲み会の料理も変わって行くのだろうか。

火の用心（ひのようじん）

故郷は兵庫県の北にある五十戸ほどの山頂にある村。小学生の頃、自動車が通るのは約二㎞下った山の麓の村まで。冬は二m近くの雪が積もった。働き手の男は出稼ぎのため村を離れ、中学生も町の寄宿舎に住んだ。残るのは老人と小学生と婦人。冬になると村の自衛消防団は、男たちから婦人たちに引き継がれた。耕運機を扱える婦人は消防ポンプのエンジンを担当し、力強い婦人はホースを引っ張る役を任され、婦人たちは訓練を積んだ。小学生たちは、夕方になると拍子木を打ち、「火の用心！」と叫んで村を回った。このようにして冬の村は守られ、婦人消防団の出番はなかった。

そういえば、船団の会の会務委員Oさんも、街の消防団に所属しているらしい。もっとも、消防の訓練よりは年一回開催される親睦旅行への参加率のほうが高いとか……。何はともあれ火の用心、火の用心。

ストーブ

教室に鋳物の達磨型ストーブが置かれる。小学生の時の話。五年生と六年生は（合せて二十三人だったが）、二人一組でストーブの当番が割り当てられる。「ストーブ当番」の札が回ってくると、家から焚付け用の新聞紙と小枝の束を持ち、みんなより三十分早く登校する。校務員さんから薪とバケツに入った石炭を受取り、一年生から六年生までの各教室のストーブに火を点けていく。教室が暖まる頃、みんなが登校してくる。給食のとき、ストーブにパンを乗せて焼くには当番の許可がいる。上手く焼くとストーブ製作所の印がパンに焼き付く。授業が終わり、石炭に水をかけて火を消す。水蒸気が上がり、まるで噴火だ。ストーブをきれいに掃除し、次の組に「ストーブ当番」の札を回す。

熱燗（あつかん）

「熱ぃ！」、「ごめんなさい。最近、熱燗がでないから……」。仕事帰りによく行く立飲み屋。久しぶりに熱燗を頼むと、女将さんはコップに酒を注ぎ、電子レンジで温めて出してきた。「これで、混ぜてみて」と、割箸が渡される。かき混ぜ、こぼれそうなコップにそっと口を持っていく。「人肌でちょうどいいよ」と答えると、「ごめんね。昔は取っ手のあるアルミ容器で湯煎をしてたんだけどね」と女将さん。常連客で六十歳代のHさんが、「昔の五右衛門風呂だね」と、話に入ってきた。確かに。小学生時代、私の家は五右衛門風呂で、風呂の火番をし、沸いたと思っても、父が入りかき混ぜるとぬるくてよく叱られた。「五右衛門風呂は知らないよ」と、七十歳代のIさん。彼は都会育ちで銭湯だったと言う。「女将さん、もう一杯」。二杯目は、ほど良い温さ。ぐっと呑み干し帰り支度をすると、Iさんが「もう帰るんか？」と尋ねた。「はい。高校時代の恩師に言われてます。『酒も女も二合（号）まで！』」

炬燵（こたつ）

炬燵の恋しい季節となった。炬燵に入ると、ついついうたた寝をしてしまう。これがまた気持ちいい。

小学生の時の話。姉より先に学校から帰宅した私は、帰って来る姉を驚かそうと炬燵に潜り隠れた。田舎の炬燵は堀炬燵。ゆっくりと足を下ろす場所があり、真ん中に練炭を入れていた。姉が帰宅し、炬燵に足を入れて「キャ〜！」。炬燵に潜っていた私に驚いたのでない。炬燵から這い出た私に驚いたのだ。炬燵に隠れていた私は、いつの間にか眠っていたらしい。姉が威勢よく炬燵に足を入れて私を蹴った拍子に、私は目覚め炬燵から這い出た。私の意識は朦朧としており、顔面は真っ青だった。一酸化炭素中毒にかかっていたのだ。姉とは時々喧嘩もしていたが、あの蹴りは私を救ってくれた。今思うと、ぞっとする。

忘年会（ぼうねんかい）

忘年会のシーズンがやってきた。最近の不景気が、どう影響するだろう。酒屋の杜氏をしていた父から聞いた話だが、酒を造るのに、不景気のときは少し辛口にし、景気の良いときは少し甘口にするそうだ。そうすることで、飲んだ人は、いつも変わらない味だと感じるらしい。

さて、飲むと困るのが暖房の良く効いた電車での帰宅。寝むって乗り過ごしてしまう。解決策を見つけた。隣の人に駅名を伝え起こしてもらう。早く降りる人は、降りるときに起こしてもらう。これで一安心。何度か起こされているうちに、どのように起こしてくれるかが気になるようになった。隣の人にお願いした後、眠ったふりをしていると、「着きましたよ。」と声のみ掛ける人、肩をたたく人、肩を揺する人等々、起こし方は様々である。

去年今年（こぞことし）

年末年始ほど時間の経過にその意味を持とうとする時期はないだろう。大晦日から元旦への移り変りを、ある人は動から静へ、またある人は地獄から天国へと喩えた。皆さんはどうだろう。

先日、友人が細木数子の六星占術の本をくれた。別に信じている訳ではないが、私は金星人の（＋）とかで、平成二十年は〈立花〉という運気になり、なかなか良いらしい。数日後、もう一冊を届けてきた。どうも金星人（＋）でも申年生まれは霊合星人という運命も持ち、両方を読む必要があるらしい。そうなると私の平成二十年の運命もなかなかややこしそうだ。こんな話を飲み仲間の『神主さん』としていると次のような話をしてくれた。初詣などでおみくじが引かれるが、悪い運の時は再度引きなおし、「なぜ、二度引くと内容が違うのか？」と神主さんに尋ねてくることがあるらしい。そんな時、こう答えると言う。「運命は刻々と変る！」

とんど焼き（とんどやき）

とんど焼きは、地方により呼び方、風習も様々のようだ。私の故郷は兵庫県北部の山村だが、「どんど」と呼び、「正月送り」の一月六日に行っている。杉の枝葉や藁でやぐらを作り、正月飾りを持ち寄って一緒に焚く。「どんどの火に当たると病気をしない」、「書初めを燃やし、燃殻が高く舞うと字が上達する」などの言い習わしがある。

大阪で住み始めた新興住宅街には、このような風習はなかった。平成十三年、ボーイスカウトのリーダーをした時、子どもたちにこんな風習があることを知ってもらおうと、とんど焼きを計画した。神事なので、近くの神社の宮司さんに相談すると、「その気持ちを持ち、火の大切さを教えれば大丈夫」とのこと。子どもたちは、近くの空き地に正月飾りと書初めを持ち寄り、高さ一m程の小さなとんど焼きをした。翌年は、近所の人たちのお飾りも頼まれ少し大きくなった。その後、空き地では対応できなくなり、小学校のグランドを借りての行事となった。さらに地域の他の団体も加わり、餅つきやぜんざいの振る舞い、子供のゲーム大会など、約七〇〇人が参加する地域の行事となり今も続いている。「とんど焼きは、いつ食べられるの？」と聞く子が毎年いるらしい。

山眠る（やまねむる）

冬に入ると近所の子供たちと近くの山々の獣道を歩く。森の中は、木の葉が落ち危険な虫も少なく歩きやすい。途中に「のた」もある。「のた」は、イノシシやシカなどが、身体についた虫を落とすためなどに泥浴びや水浴びをする風呂場のようなもの。「のたうちまわる」の語源になっている。様々な動物が来るのか、足跡も数種類が残っている。イノシシの親子が泥浴びをしたのか、近くの杉の木にはその泥が高さを変えて付いている。

二〇一〇年一月、猟を趣味にするSさんの案内で、近くにある阿武山へ獣道の下見に行った。獣が通ったクマザサのトンネルを進んでいるとき、Sさんが止まり前方を指さした。先にはバレーボールの様なものが転がっている。進んで前に回ると、白骨化した頭蓋骨。警察に連絡をするが、獣道のため道順の説明ができない。一旦下山し、派出所からきた警官を案内する。次に刑事たちが来る。また下山し案内をする。次に鑑識官たち。最後に、付近を捜査するために動員された若い警官たちを案内する。獣道はすっかり山道になってしまった。

凍る（こおる）

「水は少しずつ出しっ放しに！」。母は山スキー客を相手に民宿をしていた。シーズンになると、この貼紙を洗面所に貼る。都会からの客は、ついつい癖で蛇口を閉めてしまう。水を流しておかないと、冷え込んだ夜には水道管が凍り、翌朝には水が出なくなる。最悪は、水道管が破裂し、春まで修理ができない。

やがて山にリフトが設置されスキー場ができると、都会で働いていた兄が帰郷し、スキー場で売店を始めた。冷え込んだ夜の翌朝に売店に行くとコーラやビールなど飲料の瓶が破裂していた。兄は急いで冷蔵庫を購入し、瓶類の飲料を収納した。冷蔵庫は一定温度。冷え込む夜でも飲料が凍って瓶が割れることはない。「冬の冷蔵庫」は、雪国では季語かも。

スキー

「先輩、行ってきます」

「やめとけ、やめとけ。彼女に夢を見させておいてやれ」

故郷のスキー場でインストラクターをしていた時の話。後輩のO君がスキースクールで知り合った彼女に誘われ、彼女の住む神戸に行くと言う。それを私は止めた。理由は三つ。一つは言葉。スキーを教える時は、スキー用語か標準語っぽい言葉であるが、普通に話すとなると方言がでる。二つ目は服装。スキースクールの制服にゴーグルはカッコいいが、日ごろの服装のセンスは都会には通用しない。三つ目はスキーそのもの。彼女が見たのは彼が一番輝いている姿であるが、神戸で彼女が目にするのは、それ以外の姿。結局、彼は神戸に行き、案の定しょげて帰ってきた。そう、彼女が夢から覚めてしまったのだ。スキーは時として人生をも滑らせる。ただ、全てのインストラクターがこうではない。

冬の虹（ふゆのにじ）

冬の虹あなたを好きなひとが好き　池田澄子

こう思われる〝あなた〟になってみたいし、こんな思いのできる作者にもなってみたい。こんな関係は、男女に限らず、〝あなた〟の持つ魅力から生まれ、作者の魅力がそれに共鳴し生まれるのだろう。冬の虹は、夏の虹に比べ空気も冴え凛とした雰囲気で美しいが、めったに見ることはできない。このような冬の虹を目にしたときに、こんな〝あなた〟を思ったのだろう。

大阪の阪神高速道路を走りながら、冬の虹を見たことがある。その日、長男の結婚式を終え、新郎新婦と別れ、家族での帰り道だった。娘が突然、「あ、虹」と前方左を指差した。冬の虹だ。「冬の虹って珍しいから、兄ちゃんたち、きっと幸せになるね。」などと、根拠のない会話をしながら車を走らせた。

珍しい冬の虹にあやかり、こんな〝あなた〟の魅力か、こんな作者の魅力を持ってくれるといい。

（『池田澄子百句』　坪内稔典＋中之島5　創風社出版　2014年9月）

堅雪（かたゆき）

春めいてくると日中の気温が上がって積もった雪が融けかかり、夜にうんと冷え込むと表面が堅くなって凍りつく。これが『堅雪』。

小学生のころ、この堅雪の朝を楽しみにしていた。小学校まで二㎞の狭い山道を下って登校していたが、この朝は野山の一面を足跡が付くこともなく歩き回ることができる。棚田の雪景色すべてが通学路であり、大自然のすべり台となるのだ。

私たちは、日ごろ行くことができない所まで足をのばし、お尻で滑ったり探検して小学校へと向かった。遠くまで行き過ぎ、遊び過ぎて遅刻することもあった。小学校に着いてストーブを囲むみんなのズボンのお尻は磨り減って穴があいていた。

もう少し僕

F先生と

兵庫県北部にあるM高校に入学して、F先生と出会った。その後、今日まで私の人生はF先生抜きでは語れないし、これからも続いていくであろう。先生との思い出は私の自分史そのものである。

私がM高校に入学し、先生のクラスになったのは、先生が新任で着任して二年目の年。先生が初めて担任を持たれた年である。化学が担当で白衣で颯爽と教壇に立つ先生の姿は、体格も良くニヒルな顔つきは女子生徒の憧れだった、と思う。

私は寮に入り、独身だった先生は、時々は寮監として寮に泊まりに来られ、また、私も先生の住む教員住宅によく遊びにいった。このようにかなりの時間を先生と過ごした。登校して先生の授業が休講の時は嬉しかった。出張だからだ。地元には本屋は一軒しかなく、しかもクラスの生徒の家だった。まだ独身だった先生は、出張に行く機会に多くの本を仕入れて来られた。もちろん生徒の家の本屋では買いにくい本もある。出張から帰って来られる先生を待ち受けて教員住宅に遊びに行った。先生は隠していたが、見つけ出しては読ませてもらった。まさに青春の一ページ。

一年生の時に化学準備室で三者懇談があった。私は準備室に行くといつものように、ビーカーでコーヒーを飲みながら、母と先生の話を聞いていた。寮生活の私のことは、母よりも先生のほうがよく知っている。しかし、どうも二人の話がうまく噛み合わない。「ところで、お孫さんの進路は……」の言葉で判った。私は六人兄弟の末子で、先生は、年老いていた母を祖母だと勘違いしていたのだ。大笑いをした。家庭訪問に来ると、そんな話題を肴に父は先生に酒を勧めた。杜氏をしていた父は、新酒を先生に飲んでもらうことを楽しみにしていた。私はその最初の懇談会の頃から、先生の出身大学へ進みたいと思った。先生の母校の大学祭の時に私は連れて行っていただき、先生がクラブで所属していた考古学部のK教授とお会いした。

二年生も先生のクラスだった。この頃、先生は結婚された。気さくで美しい奥さんだ。新婚生活でも、私は厚かましく教員住宅に遊びに行った。結婚されて先生の住宅は少し変わった。私達が入ってはいけない部屋ができたし、探す本もなくなった。男だけの秘密もできた。

三年生も先生のクラスだった。ご長男が誕生した。クラス委員だった私は、ホームルームの時間に提案した。この三年間で先生の独身生活、結婚生活を見てきたのだから、お子さんの名前もホームルームで決めよう。様々な名前が黒板に書かれた。子連れ狼が流行っていて大五郎などや、先生の名前から字を引用しての名もあった。「ダイスケ」君の名前は一番多くの手が上がった。漢字も様々な案がでた。（先生は、その名をお子さんに付けられた。）

大学は、先生の母校に進み先生の専攻と同じ化学科で学んだ。先生の学生時代に創部された考古学部は、活動内容が変わりクラブ名も変わっていた。以前に紹介されたK先生を訪ね、有志とともに改めて考古学研究会を発足した。考古学としてもF先生の弟子となり、K先生の孫弟子となった。大学では化学科の先生やK先生から、F先生の話題がよくでた。「F君は良くできた」とか、「F君の頃は良かった」とか、先生と比べられることは多かったが、そんな恩師の学生時代の話を聞くのは嬉しかった。

大学を卒業し教職を目指したが、教員としては採用されなかったが、縁あって教育に関する職となった。当初はその職に慣れず辞めようと思う旨を、神戸の飲み屋で先生と相談した。先生は、三年は辛抱し、それでも無理なら改めて相談しようとのことだった。その結果、今を迎えている。その飲み屋を出て駅に向かう途中、本屋があった。この本屋こそ、先生がM高校の独身時代に、地元では買いにくい本を買い、私たちに青春の一ページを与えてくれた本屋である。

一人ひとりの生徒を思いやる懐の深い先生の教育に包まれ、まるで小説のような高校生活を過ごした。今も機会があるごとに先生を慕い同窓生が集まる。

思い出の一部の紹介である。まだまだ語りつくせない。それは自分史そのものであり、あまりに多すぎる。

十五歳で先生と知り合い、それから三十六年。高校生の時には離れていると思っていた先生との年は、最近少しだけ近づいた感もする。二人で飲みに行くと、その容姿から、どちらが恩師で教え子分からないと言われることもあるが、いつでも、どんな時でもF先生が私の恩師であることがありがたい。

(『タンポポは落ちたところで花開く』F先生退職記念誌刊行委員会編集・発行
２００７年６月)

虎　トラ

虎が吠えた。昭和六十年、阪神タイガースは悲願の日本シリーズ優勝。

兵庫県北部の山間部で育った私は、野球チームと言えば巨人。テレビは巨人の試合しか映らず、さほど野球には興味を持たなかった。そんな私が、阪神タイガースに興味をもったのは、就職した昭和五十三年。勤め先の当時の理事長が、職員全員を弁当付きで、甲子園のナイターの試合に連れて行ってくれた。初めて見るプロ野球の試合。その光景は夢を見ているようだった。理事長は、阪神タイガースの後援会長やテレビのゲスト解説などをされ、阪神タイガースがセリーグ優勝を決めた日の特別番組にもゲスト出演をされた。職員野球チームの総監督もされ、甲子園球場を借りて対外試合もした。私もそのマウンドで投げた。昭和六十年十月二十六日、虎が大きく吠えた。日本シリーズ、西武ライオンズとの第一戦。この日、私の長男が生まれた。甲子園球場では、八回にバースがホームランを打ち、三対〇で勝利を挙げた。まさに〝ハピバースデー〟。そして、十一月二日、阪神タイガースは見事に日本一を決めた。

トラが来た。私が小学三年生の春、姉が連れて、トラが我が家にやって来た。姉は六人兄弟の三番目。中学校を卒業すると、多用な父と病に倒れた祖父に代わり農業を継いだ。雪の降る冬の期間、姉は赤穂市の紡績工場へ働きに出た。寮の集団生活の中で、その息抜きの一つとして文化手芸に出会った。リリアンを布に編み込み、それをほぐして毛羽立たせ立体感を出す。その初めての作品がトラだった。雪どけとともに、縦五十㎝、横一〇〇㎝の枠に入れて、姉が持ち帰ってきた。客間に飾られ、硝子玉の目は、どこから見ても、こちらを睨み、今にも寄って来そうだった。姉が嫁ぐ時、トラは一緒に行った。今は姉の嫁ぎ先に飾られている。トラは、姉の人生の多くを見ている。

虎刈りのぷかりぷかりと夏休み　清秀

（『俳句の動物たち』船団の会編　人文書院　２０１４年５月）

べーこ

二〇〇四年二月十一日に日本の吉野家から「牛丼」が消えた。アメリカ産牛のBSE発見に伴う輸入停止により、使用牛肉の九十九%がアメリカ産であった吉野家の苦渋の決断であったらしい。翌年二月十一日、一日だけの「吉野家の牛丼」が復活した。この一日だけの復活はそれを求めて並ぶファンの姿とともに全国的なニュースとなり紹介された。

ところで、私の生家ではかつて牛を飼っていた。「但馬牛」である。兵庫県北部の但馬地方は、一〇〇〇m級の山の麓に位置し、故郷は五十戸ほどであったが、どの家も牛一頭を飼っていた。牛小屋は私たちが住む同じ屋根の下に玄関に接して設けられ、壁一枚隔てた居間には牛のざわつく音が伝わり、家族同様に大事に育てていた。

但馬牛は、棚田など小さな水田が多いこの地方において水田耕作や輸送に利用された役牛で、その起源は古く、平安時代に編纂された『続日本書紀』ですでに「耕運、輓用、食用に適す」と紹介され、古来より優秀な血統として認められていた。また、豊臣秀吉が大阪城を築城する際に集められ、その役を大いに果たし、大阪奉行から但馬牛に一日武士の身分を与えられたことから、「登り牛」として天下にその名を知らしめたと云われている。昭和四十年代ごろまでは、水田耕作や荷物運びなどの光景はあったが、機械化とともに、但馬牛は繁殖だけが仕事となっていった。親牛に八月頃に種付けをし、翌年五月頃に出産、子牛を育てて十一月に子牛を競り売りに出すのである。

小学4年生のとき、学校から帰ると母からの置手紙があった。農作業の都合で放牧場まで牛を迎えに行ってほしいとのこと。放牧場は、村から約一キロ登った山頂近くにあり、村の牛を一斉に放牧していた。朝に連れて行き、夕方に迎えに来るまでは村の人たちが交代で見張り番をしていた。私も何度か親に連れられて見張り番や迎えに行ってはいたが、一人で行くことは初めてだった。さっそく牛小屋の柱に掛けられた手綱用のロープを手に取り山道を登っていった。私の家の親牛の目印は、乳の部分に十円玉より少し大きな円があることだった。牧場に到着した私は何とか親牛を探しだし鼻輪に手綱を結んだ。そして「べーこ、べーこ」と周りに呼びかけると回りで遊んでいる子牛たちの中から、私の家の子牛がよって来た。「べーこ」あるいは「べこ」は子牛のことであり、みんなが子牛を呼ぶときにそう呼んでいた。さて、それぞれ自分の牛を探し終わり、列になって道を帰っていくのだが、私の家の親牛は道から外れ林の中に入って行く。道に戻そうとすると余計に反発し外れていく。私は親牛の力に引っ張られ、まるで私が手綱で操られているかのように親牛の後を付いて行った。私の後ろを子牛が静かに付いてきた。ただただ道なき道を親牛に付いていくのだが、家の近くになると道にもどり、自ら牛小屋に帰っていった。母は、私が牛に試されたのだと笑っていた。確かに、連れに行く回数が増え、手綱を上手に使えるようになると、親牛は列から外れることなく帰るようになった。十一月になると、子牛のせり市があった。早朝、牛小屋から子牛が連れ出され、競り市場へと運ばれた。親牛のやさしい目からは涙がこぼれ、悲しそうなな鳴き声が一日中、村に響きわたっていた。競り落とされた子牛はその先々でさらに育てられ、神戸牛、松坂牛、近江牛などの高級和牛となっていく。

一日だけの「吉野家の牛丼」の今、村では牛を飼っている家は一戸だけになっている。吉野家の牛丼ファンにとっては、アメリカからの牛肉輸入禁止措置が解かれ、並ぶことなく食べられる日が待ちどうしいことだろう。ただ、私は吉野家の牛丼ファンではない。

私と山頭火

「分け入つても分け入つても青い山」、この句との出会いが山頭火との最初の出会いである。確か小学校五、六年生の時の国語の授業で習った。兵庫県の氷ノ山の麓に住んでいた私は、習いたてのこの句を呪文のように言いながら、友達と二人で、いつも通学する山道を外れ、獣道を帰ったものだった。数年前に帰省してみると、通学の山道は草が生い茂り、獣道も獣が減ったためか鬱蒼としていた。今でも山を歩くときなど、この句が呪文のように出てくる。

それから数十年たって、再び山頭火に出会った。山頭火の没後五十年の年だったと思うが、生涯学習の講演で「流浪の俳人・種田山頭火」を聞いた。呪文のように出てくる句の作者山頭火の行乞の旅をする生き方、酒に溺れる生き方などその生涯について知った時、こんな生き方もあるものだと衝撃をうけた。今の社会では考えられない一種の郷愁さえ覚えた。「酔えばあさましく酔はねばさびしく」素直な気持ちである。そういえば私の父は、「ものごとは呑んでかかる」と言ってよく酒を飲んでいた。

（『山頭火百句』坪内稔典・東英幸編　創風社出版　２００８年７月）

ふらっと一人旅

会誌『船団』で「ひとり旅」の特集があった。船団の会員が、それぞれひとり旅をするもの。日帰りでも泊まってもよいが、知人を訪ねてはいけない、という旅。

私が行き先を決めたのは、友人のお母さんの言葉。「岡さん、『清秀』って名前？茨木城の城主の名前が『中川清秀』。私の家の氏神の新屋坐天照御魂神社は、中川清秀の氏神でもあったのよ。」

自転車でふらっとひとり旅。茨木市に住む私は、市内の『中川清秀』縁の地を訪ねた。『清秀』が生まれたといわれる由緒地は、亀岡街道と西国街道の交差点に石碑がある。茨木城址の本丸の辺りは、小学校となり、正門は櫓門が木造瓦葺きで復元されている。『清秀』の菩提寺の梅林寺。門が閉まっており、近くの文房具屋のおばさんに尋ねると、住職は留守で、通用門から入れてくれたが、人影もなく寂しくてすぐに寺を出た。昼食は、「大福屋福原商店」。名は大きいが、小さなたこ焼屋。たこ焼き三六〇円と缶ビール三〇〇円。その後、『清秀』たちが合戦をした白井河原合戦跡を通り、氏神の新屋坐天照御魂神社へ参った。

さて、この『清秀』の子「秀成」は、豊後国（大分県）『岡』藩の初代藩主で岡城の城主である。「岡・清秀」のひとり旅、まだまだ続きそう。

ぼくの十句

春浅しミルクの膜のゆれており

船団第八一号（2009年6月）「特集　俳人たちの朝食◆アンケート：二〇〇九年二月二三日、船団の会員は どんな朝食をとったか。『朝食の一句』付き」に答えた句。当日の朝食は、ホットミルク一杯、砂糖ぬき。

この句、坪内稔典さんに毎日新聞（2010年2月23日）『季語の便り』で掲出していただいた。

稔典さんのコメントは、

ホットミルク一杯、砂糖ぬき。以上は清秀の朝食。ここ数日、俳人の朝食を紹介してきたが、それは昨年二月二三日に調査した私の友人たちの朝食。清秀は働き盛りだが、こんな朝食で大丈夫？

私のこの句、ある時、偶然にインターネットのブログで見つけた。そのブログによると、本人は俳句のたしなみはないが、短い言葉のなかに広がる世界が好きで、新聞に載っていた俳句で「いいなぁ」と思ったものをメモし、そのメモが貯まったので紹介するとのこと。

永き日やあくびうつして分れ行く　　夏目漱石
春浅しミルクの膜のゆれており　　岡　清秀
葱買うて枯木の中を帰りけり　　蕪村
赤を掃き黄を掃き桜もみぢ掃く　　後藤比奈夫
（略）

まったく知らない人が、新聞に載ったものをメモしてブログに載せられたが、夏目漱石と蕪村に挟まれて紹介されたのは、とても嬉しい。

初夏である富士山である僕である

二〇一五年の船団の会の初夏の集いは『富士の裾野で詠む・考える』をテーマに静岡で開催された。その際の句会に投句したのが、この句。

当日の四人の選者（コメンテーター）には選ばれなかったが、参加者の選句ではもっとも点数を集めた。そのため、選者と会場は、「初夏」、「富士山」、「僕」の並列と同格化、３つの「ある」の効果などについて議論が弾み、かなりの時間を要した。初夏の集いの全体進行を担当していた私は、その費やされる時間と全体プログラムの進行が気にはなったが、自ら名乗ることもできずやきもきしていた。

鋤簾手に馬刀貝を掘るジョンレノン

六月の第一日曜日、晴天の日、俳句仲間で遠足に行った。行先は兵庫県の瀬戸内海に面した新舞子潮干狩場。アサリの季節は少し過ぎ、「馬刀貝掘り遠足」。仲間の『帰るのは馬刀貝の穴友いるか』の句を機に行われたもの。山陽電車の網干駅で下車し、タクシーで現地へ。海の家で鋤簾とバケツをレンタルし、いざ浜辺に。「あれ……、ここ来たことある」。約三十年前、職場で懇親を目的に潮干狩りが催され家族で参加した。長男はまだベビーカーでオムツをしていた。貸し切りバスでの行動であったが、何かと妻を助けていただいたのが、今回の遠足に参加しているHさん。Hさんは、小学生のお嬢さん二人と参加されていた。当時、私とHさんは初対面。お互いに俳句もまだしていなかった。不思議な縁である。

馬刀貝の採り方は、こう。鋤簾で表面の砂を平らに削るように掘る。楕円形の穴を見つけて塩を入れる。少し待ち顔が出てくると、素早く掴みゆっくり引き抜く。捕まえるタイミングと引き出す快感が楽しい。私は馬刀貝を見るのも採るのも初めて。主に鋤簾を担当。学生時代に考古学部に入っていたため、発掘の時に遺跡の柱跡や溝跡などを見つけるため土の表面を平らに削るのは慣れたもの。まさかこの時に役立つとは。馬刀貝と戦う仲間たち。

方言のだんだん強く潮干狩　　清秀

前略父上長刀鉾が行く

父は、冬は京都伏見の造り酒屋に出稼ぎをしていた。一方、町会議員もし「出稼ぎ議員」と言われながら七期二十八年間勤めた。そんな父が杜氏のとき、「にごり酒」を初めて造った。当時（杜氏？）は、イレブンＰＭの番組などテレビやラジオの番組に出演し、父の一年を追いかけた一時間のテレビ番組まででき、ゴールデンタイムに放送された。あいにく私は神戸に住んでいたため、出演はかなわなかった。また、以前は、酒は一級酒、二級酒とそれぞれの価格が決まっていたが、父は自前の理論で、その価格破壊にも関与したらしい。

函谷鉾父の歩いた道に立つ　　清秀

さあ祇園祭が始まった。沿道は人でいっぱい。私は俳句仲間に誘われ、金箔屋の二階でご馳走をいただきながら、ゆっくり見物をしている。

朝顔やヤクルトおばさん立ち話

一九九〇年六月二日、勤務していた園田学園に俳句の会ができた。以前に学園に勤務していた縁で、坪内稔典さんを中心に理事長、教職員、近所の俳人たちが集まった。『八一九の会』と名付けられ、会の約束事では「俳句を身近なものにするため師範坪内稔典との対話から、知的レベルの向上と遊び心の涵養をはかり、八月十九日を俳句の日とすることを目的とする。」と定めている。

私は初心者であったが初回から参加した。掲出の句は、第二回句会で初めての三点句。その後に会で編集したアンソロジーに載せ、ヤクルトの会社に送った。ヤクルトから送られて来たのは、一年分のヤクルト製品……ではなく、五〇〇〇円のテレホンカードだった。

天高し金さん銀さんダッットサン

『たじま　二日間の旅』参加費九、九八〇円。一泊二食付き（夕食：但馬牛すき焼）。兵庫県北部の但馬地方に俳句仲間と企画し旅行に行った。参加者十人。ワゴン車に全員が乗り込み、私が運転する気楽な旅。

初日は、出石で散策し昼食は名物の出石蕎麦。但馬路は、秋晴れ。コウノトリの看板を見ながらのんびりと城崎温泉を目指して走る。のどかな景色は過去にタイムスリップをしたよう。城崎温泉は、外湯巡りと夜の酒とつまみの調達。一路、宿泊先へ向かう。宿泊先は勤務する大学のセミナーハウス。神鍋高原の大岡山に位置し、標高六〇〇mで夜は冷える。夕食は神戸肉のもとである地元の但馬牛のすき焼、絶品。食事後は、隣接する夜のゴルフ場に入り（許可は得てます）散歩とお月見、おりしもこの夜は十三夜。

二日目は、先ずは竹田城へ。ここで、地元に住む卒業生のYさんと合流。映画「天と地と」のロケ地となったものの人はまばら。（後に、映画「あなたへ」

のロケやスマートフォンのＣＭなどにより「天空の城」、「日本のマチュピチュ」などと言われ、観光客で賑っているらしい）。最後の行先は、生野銀山。人形で再現された約一㎞の坑道を見学の後、鉱山内のレストランで昼食。そのショーケースに『金さん、銀さん』のサイン色紙。「金さん、銀さんも訪れていたんだ…。鉱山だもんな」と、一人納得。このレストラン、鉱山の社宅で生まれたハヤシライスがお薦め。そして帰路へ。

やのくんはハヤシライスだ照紅葉　　清秀

炸裂す空手チョップや秋の椅子

生まれた家は農家で和室だけ。椅子とは縁がなかった。そんな家に初めてお目見えした椅子は座椅子。折りたたみ式で三段に角度が変わる簡単なもの。寝たきりとなった祖父のために買われたもので、食事とテレビを見るときに使われた。大好きな力道山の動きに合わせて祖父と椅子が動くのが妙に面白かった。チューリップの季節、テレビの前は座椅子だけが残った。

この句、船団第61号の特集『あ、椅子だ』で作ったもの。

東京へたこ焼と行く秋日和

一九九九年の秋。ＮＨＫ松山局の『俳句王国』の公開収録で、東京都小平市のルネ小平ホールに行った。出演者は、主宰の金子兜太氏と大阪からはゲストの桂三枝氏（六代 桂文枝）、尾上有紀子さん（船団の会）と私。東京からも三人が出演。七〇〇人程が集まった。一句目は、大阪からの出演者は大阪を、東京からの出演者は東京をそれぞれイメージした句を投句。さながら大阪対東京の対抗戦。掲出の句はその際の句。二句目は、小平市の土地柄、「落花生」が兼題。

水星の精を吸い込み落花生　　清秀

この番組を見ていた京都の知人から感想のメールが届き、最後に「大阪人は、一家に一台はタコ焼き器を持っているって本当？」と尋ねてきた。「一家に一台あるかは分からないが、我が家にも、妻の実家にも、友人の家にもある」と答えた。我が家では、娘が友人を呼ぶとほとんど「たこ焼パーティー」となる。
小さい頃は、妻が具材を準備し、危なくないよう電気のタコ焼き器だったが、
高校生の頃からは、自分で具材を準備し自分の部屋で「たこ焼パーティー」と
なる。電気式では火力が弱いとガスボンベ式となり、さらに性能を求めて既に
五代目のたこ焼き器となっている。

正座してテレビを見てる秋の暮

小学生の時、テレビが家にやってきた。陶器でできた犬もついてきた。犬はテレビの上に置かれ、テレビを見ない時は画面に布が掛けられた。目に良いからと薄青いプラスチックシートが画面にぶら下げられた。

プロレスの時刻が近づくと近所の人が集まり、二階への階段に座った。テレビはそちらに向けられ、皆は画面に見入る。試合の合間にリングが掃除機で掃除される様子が映し出された。三年後、掃除機が家にやってきた。

この句、船団73号の特集『昭和だよ、全員集合！』で作ったもの。坪内稔典さんの著書『俳句の向こうに昭和が見える』（教育評論社）に載せていただいている。

小春日や瀬戸内考古学研究所

二〇一三年十一月二十三日、広島へ出張。新大阪から広島に向かった。新幹線が岡山市の旭川を通過するとき、懐かしい風景が飛び込んできた。黄葉した大きな銀杏の木。学生時代を過ごした下宿辺りに当時からあった銀杏の木だ。大学を卒業して三十五年が過ぎる。考古学部に所属していた私は、その顧問の先生の家の離れに下宿をしていたが、その恩師も二十年前に他界した。

出張を終え、帰りの岡山駅で下車した。岡電バス「理大東門行き」に乗り、長泉寺バス停で降りる。乗車賃は一四〇円と安い。下宿のあった兵団(地名)は、バス停の反対側。当時二車線だった道は四車線となり、車の量も増えている。路地を少し歩き坂道を登ると、あの銀杏の木。おばちゃん一人のお好み焼き屋はマンションに、線路沿いの小さな焼肉屋は空き地となっていた。恩師の家には、恩師の名の表札と恩師が研究者仲間と立ち上げられた『瀬戸内考古学研究所』の看板が、当時のままに掛けられていた。三十分ほど辺りを歩き、帰路についた。

あとがき

「遅くなりましたが、やっと出来上がりました」と、『俳句とエッセイ』シリーズの仲間から本が届く。このシリーズの計画が持ち上がったとき、私は一番手で出版する予定であったが、取り残されること一年半、何とか出版にこぎ着けた。

この一年半、個人的には様々なことがあった。初孫が生まれ、長女が嫁ぎ、私は三度目の勤務先となった。この短い間でも、歴史は確実に動いている。このような中、この『俳句とエッセイ』を出版することは、私の俳句との出会い、関わりの一片を残す良い機会となる。

俳句を始めたのは、最初に勤務した園田学園女子大学。一九九〇年六月、この大学に以前勤務されていた坪内稔典先生を中心に、教職員、近所の俳人たちが集まり『八一九の会』が発足し、その当初から素人ながら参加した。この

『八一九の会』では、大学イベントとして、インターネットを使っての高校生向け俳句コンクール『俳句インターハイ』を企画したり、句会などでの余興として、『季語ビンゴ』、『句イズ・グランプリー』なども企画したりした。この八一九の会は、当初からのメンバーは変わりつつも、様々な立場の仲間が集まり、今も毎月一回の句会、時々の吟行などを楽しんでいる。

また、一九九七年七月に『船団の会』に入会し、全国的に俳句仲間と出会った。船団の句会に参加することは少ないが、初夏の集いやフォーラム等の折々の行事に参加し、俳句だけでなく様々な分野に広く刺激を受けている。また、よく行くおでん屋の二階で、客仲間と始めた『なすび句会』も六年が経つ。この他にも、他の句会の人など多くの人と俳句を通じて知り合い、仲間ができた。さらに、二〇一五年四月からは、ラジオＦＭ宝塚『たからづか土曜散歩道』の俳句コーナーを月一回担当させていただいている。

たかが五七五、されど五七五。この五七五で繋がった多くの皆さんに感謝している。

この『僕である』は、このような中で詠んだ俳句約一四〇句と、船団の会のホームページ〝e船団〟の『今週の季語』や書籍等に掲載したエッセイを中心にまとめた。

社会人となると同時にお会いし、俳句と接するきっかけを作っていただき、今なお俳句のご指導をいただいている坪内稔典先生に深く感謝します。また、この『僕である』の出版に漕ぎ着けるまで、大変お世話になりました大早ご夫妻に感謝いたします。ありがとうございます。

岡　清秀

著者略歴
岡　清秀（おか きよひで）
1956 年　兵庫県生まれ
1990 年　園田学園女子大学「八一九の会」発足と同時に入会
俳句を始める
1997 年　「船団の会」入会

住所　〒 567-0009　大阪府茨木市山手台 3 丁目 22-18
okafami5@hcn.zaq.ne.jp

俳句とエッセー　僕である

2018 年 1 月 2 日 発 行　　定価＊本体 1400 円 + 税
著　者　　岡　清秀
発行者　　大早　友章
発行所　　創風社出版
〒 791-8068 愛媛県松山市みどりヶ丘９－８
TEL.089-953-3153 FAX.089-953-3103
振替 01630-7-14660 http://www.soufusha.jp/
印刷　㈱松栄印刷所　　製本　㈱永木製本

ISBN 978-4-86037-256-9